Conejito

 W9-AWZ-749

Nota

Una vez que el niño o la niña pueda reconocer e identificar las 21 palabras que se usan en este cuento, podrá leer todo el libro. Estas 21 palabras se repiten a lo largo del cuento para que los lectores jóvenes puedan reconocer las palabras fácilmente y comprender su significado.

Las 21 palabras usadas en este libro son:

baila	conejito	el	saltarín
bailarín	chiquitín	en	se
bonachón	chistoso	jardín	tan
cansa	día	juguetón	todo
cariñoso	dormilón	salta	y
			ya

Library of Congress Cataloging-in-Publication Data

Hall, Kirsten.
    Conejo/escrito por Kirsten Hall; ilustrado por Kathy Wilburn.
32 p. 20 X 20 cm—(Ya sé leer)
    Adaptación de: Bunny, Bunny.
    Resumen: Muestra, con texto en rima e ilustraciones, las actividades de un conejito que juega al aire libre.
      ISBN 0-516-35352-7
      (1. Conejos—Ficción. 2. Cuentos en rima.)
I. Wilburn, Kathy, il. II. Título. III. Serie.
PZ8.3.H14680 1990
(E)—dc20   90-30165
                                     CIP
                                     AC

Conejito

Escrito por Kirsten Hall   Ilustrado por Kathy Wilburn
Versión en español de Lada Josefa Kratky

 CHILDRENS PRESS ®

CHICAGO

Spanish Version © 1990 Childrens Press®, Inc.
English Text © 1990 Nancy Hall, Inc. Illustrations © Kathy Wilburn.
All rights reserved. Published by Childrens Press®, Inc.
Printed in the United States of America. Published simultaneously in Canada.
Developed by Nancy Hall, Inc. Designed by Antler & Baldwin Design Group.

3 4 5 6 7 8 9 10 R 99 98 97 96

Conejito

cariñoso.

Conejito

juguetón.

Conejito,

tan chistoso.

Conejito

bonachón.

Conejito chiquitín.

Saltarín.

Bailarín.

Conejito en el jardín.

Salta y baila

todo el día.

Ya se cansa

el juguetón.

Ya se cansa

el dormilón.